One Surprising Night
Una noche sorprendente

ISBN 0-687-49250-5

English text by Peg Augustine
Texto en español por Emmanuel Vargas Alavez
Illustrated by Nell Fisher

06 07 08 09 10 11 12 13 14 15 - 10 9 8 7 6 5 4 3 2 1

Manufactured in the United States of America

God's people had lots of troubles! It felt to them as if the world was a dark and lonely place. But God promised that it would not always be that way. Someday, God said, a Savior would come to bring light and happiness to all the world.

When they felt their very worst, the people remembered God's promise. The promise gave them hope.

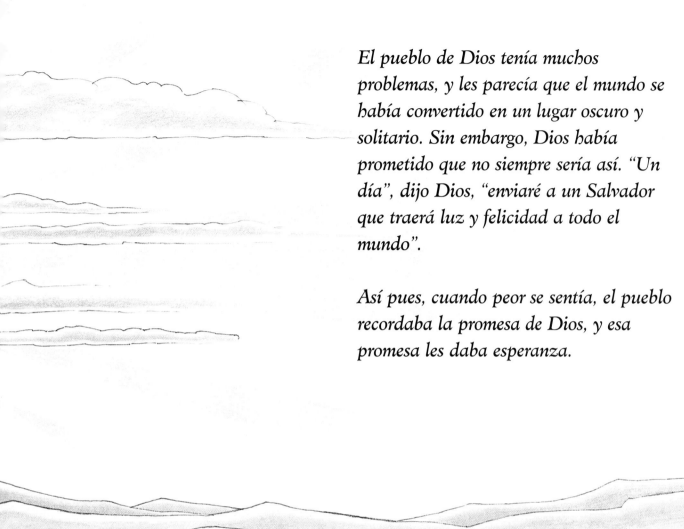

El pueblo de Dios tenía muchos problemas, y les parecía que el mundo se había convertido en un lugar oscuro y solitario. Sin embargo, Dios había prometido que no siempre sería así. "Un día", dijo Dios, "enviaré a un Salvador que traerá luz y felicidad a todo el mundo".

Así pues, cuando peor se sentía, el pueblo recordaba la promesa de Dios, y esa promesa les daba esperanza.

One of the people who remembered God's promise was a young woman named Mary. Mary was engaged to be married to the village carpenter, Joseph. One day as she went about her work, she was frightened to see a stranger in her house. It was an angel!

"Don't be afraid, Mary," said the angel. "I have good news for you and for all God's people. Soon you will have a baby boy. He will be the Savior God promised!"

What a wonderful surprise for Mary! Soon she would be Joseph's wife and they would have a baby who would bring peace to all the world!

Una de las personas que recordaba esa promesa de Dios era una jovencita llamada María. Ella estaba comprometida para casarse con José, el carpintero del pueblo. Un día, mientras estaba haciendo sus quehaceres, tuvo miedo porque vio a una persona extraña en su casa. ¡Pero era un ángel!

El ángel le dijo: "María, no temas. Concebirás y darás a luz un hijo. ¡Él será el Salvador que Dios ha prometido!"

¡Qué gran sorpresa para María! Muy pronto sería la esposa de José y tendrían un bebé que traería paz a todo el mundo.

Mary told Joseph the wonderful news the angel had brought her. Joseph was a faithful man of God, but he was worried. He didn't understand how Mary could be the mother of God's Son. But as he slept that night, an angel came and told him that it was true. When he woke up, he was as excited as Mary!

Just think, soon the Savior God's people had been waiting for would be born! Already it seemed to him that the world was a better place.

María le contó a José las maravillosas noticias que el ángel le había dado. José era un hombre fiel a Dios, pero estaba preocupado. No podía entender cómo María podría ser la madre del Hijo de Dios. Pero esa noche, cuando se fue a dormir, un ángel vino y le dijo que todo era verdad. Cuando despertó, ¡estaba tan contento como María!

Imagínate: ¡muy pronto nacería el Salvador que por tanto tiempo había estado esperando el pueblo de Dios! En ese mismo momento le pareció a José que el mundo ya era un mejor lugar.

7

Mary thought her baby would be born in
Nazareth where she and Joseph lived.
But God had another plan. The emperor
sent a messenger to tell the people to
return to their hometowns to register for
their taxes. Joseph was from Bethlehem,
so he and Mary made the long journey to
that town.

Many other people had
to make the same trip
and the town was full
of people. There was no place
at all to stay. Mary was very tired.
Joseph knew she needed to rest.
A kind innkeeper offered to let
them sleep in the stable with
the animals. Joseph made
Mary a cozy bed in the straw.

That very night Jesus was born!
It was the best surprise of all!

8

María pensó que su bebé nacería en Nazaret, donde ella y José vivían. Pero Dios tenía otro plan. El emperador mandó un mensaje donde le decía a la gente que regresara a su lugar de origen para que se registraran y pagaran sus impuestos. José era de Belén, así que María y él hicieron un largo viaje para llegar a ese lugar.

Muchas otras personas tuvieron que hacer el mismo viaje, y el pueblo estaba lleno de gente. No había un lugar donde se pudieran quedar. María estaba muy fatigada, y José sabía que ella tenía que reposar. Un amable mesonero les ofreció dejarlos dormir en el establo con los animales. Ahí José le hizo a María una cómoda cama entre la paja.

¡Esa misma noche nació Jesús! ¡Fue la mejor sorpresa de todas!

That same night on a hill outside the city walls, shepherds were taking care of the Temple sheep. Although they were not rich or famous, the shepherds were faithful people of God. As they sat around their campfires, they often talked about the Savior God had promised God's people.

Tonight, just as they were ready to sleep, they were surprised by a bright light and the sound of singing. It was angels! The shepherds listened as the angels sang, "Good news! Good news! The Savior of the world has been born. He will bring peace to all the world!"

10

Esa misma noche, sobre una colina fuera de los muros de la ciudad, algunos pastores estaban cuidando las ovejas del templo. Aunque no eran famosos ni ricos, esos pastores eran fieles miembros del pueblo de Dios. Cuando se sentaban alrededor de la fogata, con frecuencia hablaban sobre el Salvador que Dios había prometido a su pueblo.

Esa noche, cuando ya estaban preparados para dormir, el sonido de unos cantos y una brillante luz los sorprendieron. ¡Eran ángeles! Los pastores escucharon cantar a los ángeles que decían: "¡Buenas nuevas! ¡Buenas nuevas! El Salvador ha nacido. ¡Él traerá paz a todo el mundo!"

11

The shepherds were surprised to hear that the Savior had been born in a stable, but they hurried to see for themselves. As soon as they saw Jesus, they knew that God's promise had been fulfilled. They could not wait to share the surprise with everyone else. As they hurried back to their sheep, they shouted the good news to the rest of the town.

The surprising night came to an end, but Mary and Joseph and the shepherds knew that nothing would ever be the same. The baby who had been born in the darkness of a stable in a tiny town would bring light to the whole world.

Los pastores se sorprendieron al escuchar que el Salvador había nacido en un establo, pero aun así se apresuraron para ir a verlo por sí mismos. Tan pronto como vieron a Jesús, supieron que la promesa de Dios se había cumplido.

Ahora estaban ansiosos por compartir esa noticia con todos los demás. Cuando iban de regreso a sus rebaños, les comunicaron las buenas nuevas a todos los que se encontraban en el camino.

Esa sorprendente noche había llegado a su fin, pero María, José y los pastores sabían que ya nada volvería a ser igual. El bebé que había nacido en la oscuridad de un establo, en el pequeño pueblo de Belén, traería luz al mundo entero.

Time passed and the baby grew. Joseph found work in Bethlehem and he and Mary cared for Jesus in a little house. One night they were surprised to see that a bright star was shining right over their house. As they watched it, they heard voices and the clatter of camels' hooves. They had visitors! And what surprising visitors they were!

Wise men had followed that same star for many miles. They knew that the star meant the Prince of Peace had been born. Now they knelt down in the little house in Bethlehem. Their search was over. God's promise was fulfilled.

14

El tiempo pasó y el bebé creció. José encontró trabajo en Belén, y en una pequeña casa él y María cuidaron a Jesús. Una noche se sorprendieron mucho de que una estrella estuviera brillando directamente arriba de su casa. Mientras la miraban, también escucharon voces y el trotar de unos camellos. ¡Habían llegado algunas visitas! ¡Y en verdad eran unas visitas sorprendentes!

Algunos hombres sabios habían seguido esa misma estrella por mucho tiempo. Ellos sabían que la estrella significaba que el Príncipe de Paz había nacido. Y ahora se arrodillaban frente a él en esa pequeña casa de Belén. Su búsqueda había terminado. La promesa de Dios se había cumplido.

For a child has been born for us,
a son given to us;
authority rests upon his shoulders;
and he is named
Wonderful Counselor, Mighty God,
Everlasting Father, Prince of Peace.

Isaiah 9:6

Porque un niño nos ha nacido,
hijo nos ha sido dado,
y el principado sobre su hombro.
Se llamará su nombre
"Admirable consejero", "Dios fuerte",
"Padre eterno", "Príncipe de paz".

Isaías 9:6